色恋図式五十番

島田　勇

超主観的読書感想文

色恋図式五十番　超主観的読書感想文　目次

目次

〈装丁 的井圭〉

色恋図式五十番　超主観的読書感想文

0　宇宙を漂う怪物

宇宙を漂う怪物

小学校の図書室に、宇宙の中を、ブロントザウルスみたいな竜が漂っているというＳＦがあった。竜以外のものは何もないなか、竜は漂っているのである。竜はとてもさみしいのだ。

ときどき途中で何かに出会うが、竜のなぐさめにはならない。永遠に竜は宇宙を漂っていかなければならない。なぜ、そんなことになったか、という説明もない。小学生の身ながら、さみしさが身にしみたのである。

1　小宰相と平通盛の恋

この件に関しては、大塚ひかり『男は美人の嘘が好き』という本で詳しく扱われているのだが、平清盛の甥で門脇中納言平教盛の長男の平通盛の恋が『平家物語』に描かれる。

小宰相という十六歳の女房に通盛は手紙を書き続けるのだが、相手にされず、これを最後と手紙を書く。

恋の結末はいいとして、恋文には下手な歌にそえて「あまりに人の心強きもいまはなかなかうれしくて」と通盛は書いた。「拒みつづけてこられたのも、今はかえって（身持ちがいいのだと）うれしい」という意味であろう。バカな男である。

通盛は三十歳で一の谷で戦死するのだが（一一八四年）、小宰相との恋は何歳のときなのだろうか。それは通盛が中宮亮だったそうで、この中宮とは、清盛の娘、徳子であろうと考えられるから、いつ頃の話か計算できそうだ。

安元の春に、小宰相は十六歳だったのだから、安元は三年間、一一七五年から、一一七七年。春があるのは、安元二年（一一七六年）と安元三年（一一七七年）。一一七六年と考えれば、通盛は、二十二歳。六歳違いの恋であった。

2　静御前の舞

『伊勢物語』を眺めていたら、こんな歌が眼に入った。

いにしえのしづのおだまき繰り返し
むかしを今にするよしもがな

ああこれは、義経の思い人、静御前が鶴が岡八幡宮で頼朝や政子の前で踊ったときの歌ではないか。

しづやしづしづのおだまき繰り返し
むかしを今にするよしもがな

これは大発見と気をよくしたが、岩波古典大系の『義経記』の註にちゃんと書いてあった。何百年の研究史があるんだものな、と納得した。

3　「野分」

見ていてうれしくなるような美人も多く存在する。『源氏物語』の紫の上もそうらしい。たとえば「野分」の巻で、夕霧が紫の上を覗き見したときの描写がいい。与謝野晶子訳によると、（これはわかりやすいし、倉橋由美子によれば一番原文に近いそうだ）「気高くてきれいで、さっと匂いの立つ気がして、春の曙の霞の中から美しい樺桜の咲き乱れたのを見いだしたような気がした。夢中になってながめる者の顔にまで愛嬌が反映するほどである」とある。

4　黒澤明『羅生門』

京マチ子が好きだ。橋本治は、よく戦争中にこんなグラマラスな女性が生きのびられたな、と書いているが、黒澤明監督の映画『羅生門』のヒロインは素敵だ。

芥川龍之介の『藪の中』と『今昔物語集』のもとの話と、『羅生門』を比較すれば、立派な卒業論文が書けそうであるが、このテーマを選択した学生は果たしていたのだろうか。

5　漱石とドストエフスキー

漱石は小説であまり子供を描いていない。ただ『明暗』で小学生の様子が描かれているように思う。

それが、ドストエフスキーの『カラマーゾフの兄弟』に出てくるアリヨーシャをめぐる少年たちの群像に似ているように私は思ったのである。

だが、漱石はドストエフスキーを読んでたかというのが疑問である。

漱石の時代に、ドストエフスキーはもう翻訳されていたのだろうか。

それは、森田草平の『漱石の文学』という本をパラパラと見ていたら解けた。森田草平が自然主義に凝り、写生写生という漱石とその周辺とまずくなって、無理矢理、漱石にドストエフスキーを読ませたのだそうである。漱石の書簡集にも、森田草平宛書簡に、ドストエフスキーありがとう、というような手紙がある。手紙に序文がどうのこうのと書いてあったので、詳しく調べれば何かわかるかもしれない。

でも、これでは問題は解決しない。漱石はドストエフスキーの何を読んだのか。邦訳で読んだか英訳で読んだか。いつごろか。『明暗』が書かれたのは、大正五年（一九一六年）。その年に漱石は死んでいる。調べたところ、森田草平訳の『悪霊』が大正四年に出版されている。とすると、漱石の読んだのは『悪霊』であって、『カラマーゾフの兄弟』ではないのか。

6　グルーシェニカ

『カラマーゾフの兄弟』についての論評を読んでいると、イワンの無神論とかアリョーシャの信仰とか多く扱われているが、ヒロイン、グルーシェニカのことが書いてない。つねづね残念に思うことである。

最初の登場場面で、甘ったれた声で上流の言葉を話そうとするのだが、アリョーシャはそれを残念に思う。でもそうではないのだ。別の場面では、テキパキと、普通の喋り方をするというか、べらんめえ口調なのだ。おまけに、肥満していて、ミーチャに曲線美だのと言わせたりヴィーナスの肢体を予感させるとか作者は言うのである。

7 武田泰淳『十三妹』

武田泰淳『十三妹』

武田泰淳描くところの女盗、十三妹《しいさんめい》の活躍はめざましい。夫の安公子がとても頼りなく、すぐ危機に陥るのだが、十三妹の努力で結果はいつもハッピーエンドになる。おまけに安公子は十三妹の他にもう一人美人の奥さんがいたりする。

武田百合子の『富士日記』を読んでたら、夫婦で「資本主義体制のおかげでこんなにもうかる、ワハハ」という部分があった。武田泰淳ていうのは、「革命派」だとばかり思っていたので、だまされたような気になった。

最後の場面で、白蓮教徒に包囲された町の長官になっていた安公子は、十三妹に首をはねられる夢を見る。

8　ヒメネス『プラテーロとぼく』

ヒメネス『プラテーロとぼく』

スペインのアンダルシアのものうい、暑い午後という感じの散文詩である。

美しい女の人が列車に乗っていく。それをわたしとロバのプラテーロが見ている。あのロバと飼い主はだれだろうと列車の窓から見て女の人は思ったろうが、「ぼくたちにきまっているさ、なあ、プラテーロ」と作者ヒメネスは歌う。

お人よしのロバと病気の詩人。

9　『ニーベルンゲンの歌』

この物語で気になるのが、バイオリン弾きの戦士フォルケルである。フン族のもとにおもむいたブルグンドの勇士たちを守るため、ハーゲンとともに夜の見張りに立ちながら、バイオリンを弾くのである。バイオリンが発明されたのはいつか知らないが、中世につくられた物語であるから、その頃からバイオリンはあったのかもしれない。

そもそも、夫ジークフリートを家臣ハーゲンに殺されたクリームヒルトが、財宝もハーゲンに取り上げられた。ハーゲンは、宝をライン川に沈めてしまったというが、私はそうではなく、きっとライン川ぞいのどこかにハーゲンが隠したのではないかと思い、地図を眺めていたことがある。まあ、それを発見すればシュリーマンのようになれたのかもしれないが、幸か不幸か病気になって、ドイツから帰ってきたのであった。

ハーゲンも悪人だが、クリームヒルトに財宝を持たせておけば、争乱の種になるので、ハーゲンはそれを奪ったのである。きっと。

10　骨のない手

女性と握手することもあまりないのですが、手を握ると、あれ、骨がないのかと思う手がある。四十八年生きているが、三度ばかりそんな手に出会った。

ドイツの語学学校に通っていたとき、ブラジル人の歯医者さんのモニカという女の子が好きになった。語学学校に通うには、朝六時に起きて、寮から歩いていかねばならないが、朝寝坊の私が、それを実行していたのだから、愛の力は偉大だ。

そのモニカちゃんと別れ際に握手をしたら、あれ、骨がないのかと思ったのである。

語学学校の女の先生は、彼女のことを「奇蹟の髪をもつ美少女」と呼んだ。青い眼で、うずまくようなブルネットで、顔は浅黒く、ユダヤっぽかった。長い姓字からすると、貴族の家系なのだろう。

11 スタンダール『恋愛論』

スタンダール『恋愛論』

どんな内容かは大方忘れたが、スタンダールが書いていたような恋人の額だけ見てそれと気づいたこともある。

まじめに読んでいくと、私が振られたのも二百年だか三百年前から決まっていたのかと思った。

12

「楚王細腰を愛し給えば宮中に飢えて死ぬ女多かり」

「楚王細腰を愛し給えば宮中に飢えて死ぬ女多かり」

いかにも平家調だが、どこに出典があるのかさがし出せない。あるいは『荘子』かもしれないが、わからない。『故事ことわざ辞典』を見たら、『荀子』だった。

13 『トリスタン・イズー物語』

『トリスタン・イズー物語』

非常にプライドの強い王女イズーが、媚薬をトリスタンと分け合って飲んだ後で、トリスタンを迎えるとき、「殿」と呼ぶようになるのがすごいと思う。

「御主人様」と呼ぶのが、古代奴隷制的表現であるとすれば、これは中世封建制的な表現であろう。

14　バウム『オズの魔法使い』

『オズの魔法使い』の映画は見たが、ライオンはただ威張っているだけで、ほとんど活躍しない。原作でも、ライオンは魔女に捕まえられてなすすべもなかったように思う。

このバウムだかボームさんの本は、シリーズで沢山出ているから、ライオンの活躍の場所はあるのかもしれないが、読んでない。

15 『伊勢物語』

在原業平と伊勢斎宮の間に生まれた子孫は高階氏《たかしなし》を名乗った。以後、高階氏の者は伊勢神宮に近づいてはならないことになったそうである。

一条天皇の中宮だった定子《やすこ》や、その兄弟の伊周などの母は、高階氏の一族である。定子の父、藤原道隆の妻たちは、弟道長の妻たちより、身分が低いが、それだけではかってはならないだろう。

平清盛の妻、重盛の母も高階氏であった。

16　網野善彦『中世荘園の様相』

網野善彦『中世荘園の様相』

網野氏の本では、皆、『蒙古襲来』を第一に挙げるが、私はこの本の方が面白いと思う。女性が本の中で活躍している。藤原氏女というのが、この本のヒロインなのかと思ったが、よく読むと、藤原氏女は三人出てくる。皆、源平藤橘を名乗っていたら、「藤原氏女」も一杯いるわけだ。また、面白いことに、坊主が社会のあちこちにいる。坊主なのに子供がいたりする。俗世で子供をつくって、その後出家したのかどうか知らないが、坊主が、所領をめぐって闘争しているのである。

中世のイメージも、我々の思っているのとはちがっていたのか、と反省させる本である。

17 『水滸伝』

『水滸伝』では、前半の人情話みたいなものより、梁山泊の連中が宋朝に降伏して、官軍となったあとの話が好きだ。

それまで、梁山泊を攻めて捕虜となった英雄たちが活躍するのがうれしい。関羽の子孫、関勝とか鉄のムチの使い手、呼延灼とか。

遼の軍隊と宋江軍は戦うのだが、青とか黄色とか甲冑や服の色を染めわけた遼軍がとてもかっこいい。（近世ヨーロッパのスウェーデンの軍隊も色わけされた連隊群を備えていたという。）

梁山泊の勇士たちも、戦いで討死したり、病死したりしていく。

18　ヘッセ『荒野の狼』

ドイツのレストランで、ドイツ文学専攻のイタリア人の女子学生と酒を飲んでいた。

ヘッセの『デミアン』は、駄目だというので、『狼』はと言ったら、『荒野の狼』はすごいという。ムジールの『特性のない男』は素晴らしく、その第二部はもっとすごいのだという。

ヘッセは、馬鹿にもされるが、文章表現は卓抜である。「言葉の魔術師」と呼ばれるくらいだ。

19 『ローランの歌』

ローラン伯は、シャルルマーニュの妹の子で、その母はガヌロンと結婚している。

ローランの父親は誰なのだろう、と誰でも考える。松原秀一『異教としてのキリスト教』では、ローランはシャルルマーニュが妹に産ませた子なのだという。

それであるならば、シャルルマーニュがローランの死をひどく嘆くのもわかる。義父のガヌロンは、ローランと不和だが、本当は彼はシャルルマーニュを憎んでいるのではあるまいか。ロマン主義的解釈であろうか。

作品の最後で、シャルルマーニュは「何と何と悩みの多き我が世かな」と嘆く。

20 『イリアス』

アキレウスはアガメムノンに、お気に入りの女奴隷ブリセイスをとられて、むくれてテントか何かに閉じこもって、戦いを続けなくなってしまったわけだ。

ところが、親友のパトロクロスがアキレウスの鎧を着て参戦し、トロイヤの勇将ヘクトールに殺される。アキレウスの怒りは、ヘクトールを殺し、戦車のうしろに死体をひきずって、死体をはずかしめる。

すごい。友達のための怒りは、と思っていたが、映画の宣伝から見ると、アキレウスとパトロクロスは同性愛の関係にあったらしい。

それならば、何となくアキレウスの怒りもわかるような気もする。

21 デュマ『三銃士』

デュマ『三銃士』

ミレディは悪女である。若い頃のアトスをだまし、ダルタニアンの恋人を毒殺する。

でも、大人向けの原作を読むと、ダルタニアンは他の男に化けて、ミレディを犯しちゃうのである。

ミレディは、ピューリタンゆえに迫害されていると、イギリスの若い士官をだまし、脱獄する。悪役リシュリュー枢機卿とも関係をもっている。

22

ミカ・ワルタリ『エジプト人』

これはハリウッドか何かの映画にもなっている。古代オリエント世界を扱い、ヘロドトスの『歴史』もよく読んで書いている。

エジプトのファラオのイクナートンと本当は兄弟である医師シヌへの冒険の物語であるが、娼婦ネフェルネフェルネフェルにだまされ、身ぐるみはがれたり、クレタ島出身の美少女ミネアとプラトニックな恋をしたり、酒場の女メギトの優しさにつつまれたりと恋の方もいそがしい。

23 『カレワラ』

フィンランドの叙事詩『カレワラ』では、太母の腹にずっといて、生まれたときにはすでに白髪の老人だったワイナモイネンが主人公である。あるとき乙女アイノに恋をした老人ワイナモイネンは、少女を追いかけるが、相手にされない。とうとう乙女は湖の魚になってしまった。太母は言う。「向こうからやってこないものを、手に入れようとしても無駄だ」と、老いた息子をさとす。

24　水上勉『湖笛』

今はどこで手に入れられるのだろうか。この本は。私は二十四歳で夢も希望もなかった。そんな時読んだ。

この小説は、戦国末期の変動で不幸になっていく人々を描いたものである。若狭の領主武田元明は妻を秀吉にとられてしまう。その親戚の京極高次は、妹を秀吉のめかけにして、秀吉にこび、秀吉が死ぬと、関ヶ原の戦いで東軍に味方し、大津城で西軍を迎え討つ。衆寡敵せず、降伏して出家し高野山に向かうのだが、翌日、関ヶ原の戦いで東軍が勝ち、徳川の天下になったという話である。

不幸な人々の歴史をこの本は書いている。これでもかこれでもかと、不幸が続いて、救いがないのである。

でも、後年読んだら、そんな暗い小説ではなかった。

25　坂口安吾『信長』

坂口安吾『信長』

桶狭間までの信長の青年期を描いている。まわりは皆、敵だらけの状況の信長の怒りがよくわかるような気がする。親戚、家来、皆、信長を裏切ろうとしている。

信長の理解者は、斎藤道三とその娘で信長の妻の濃姫だけである。

濃姫は、どんなドラマでも映画でも美人女優の役どころである。

26　海音寺潮五郎『天と地と』

上杉謙信は恋人の那美さんが好きなのだが、嫁にもらいに行こうとすると、人間のいやな面を見せつけられる事件に出会い、やめてしまうのである。

那美さんは肺病か何かで死んでしまう。川中島の合戦から帰ってきた謙信はそれを知り後悔する。何十年も一生懸命、働いてきたけれど、それが何になるだろう。おれを残して死んでしまったのか。と。

27

デフォー『ロビンソン・クルーソー』

ずっと一人ぽっちで孤島で暮らしていたロビンソン・クルーソーは、オウムのポルに言葉を教える。ポルはいなくなってしまうのだが、あるとき、森の中でロビンソンが倒れていたとき、「あわれな、あわれなロビンソン・クルーソー」という声が聞こえる。

英語だと「プア、プア、ロビンソン・クルーソー」であろうが、幼い私も、「あわれな、あわれな、シマダイサム」と時々口ずさんでいた。何がかわいそうだかわからないが、そんな状況に私はいたのであろう。

28 池波正太郎『真田太平記』

池波正太郎『真田太平記』

忍者の教え。危機に陥ったとき「無理にでも笑うてみることじゃ。」

そうすると、次の行動を考えることができるわけだ。

太ったりやせたり、老女になったり若い女になったりする、女忍者お江の活躍がめざましい。

29　竹内まりや「駅」

ひとつ隣の車両に乗り
うつむく横顔見ていたら
思わず涙あふれてきそう
今になって　あなたの気持ち

はじめてわかるの痛い程
わたしだけ愛してたことも

喫茶店で同僚たちと話していたら、このわたしだけ愛してた、を女の方だけが愛してたととらえていた女の人が二人もいたのである。

竹内まりやのヒロインは、そんな敗北主義者ではない。これは男の方が愛してたのである。それだから、おまえらは振られて今も独身なのだと言いたかった。

夫の山下達郎は、演歌寸前と言っているが、竹内まりやは普遍性がある。

30　三浦綾子『氷点』

テレビで、小山明子演じる『氷点』の母親役を見ていていつもわからなかった。彼女の娘の陽子をいじめる様子が尋常でない。本当の娘を殺した男の娘を養女にしたのだとしても、それをしつようにいじめるであろうか。子供心にわからなかった。

小説を読んで謎が解けたような気がした。母親が若い医者と浮気していたときに、娘は殺されたのである。夫はそれを知って陽子を養女にするのである。三浦綾子の言う原罪とはこういうことか、と納得した。

31 湯川秀樹『旅人』

湯川秀樹の生いたちから半生を描いた好著である。

何となく読みとばしてしまうが、湯川が結婚した頃、夜、物音がして眠れない、というので部屋を更えてもらうのだが、ついに義父が湯川の夫人スミさんに、「もう他に部屋はないよ」と言うのである。

今読めばこれは病気だ。天才にはありがちなことである。湯川は天才たちの研究もしているが。

福島原発事故のあと、テレビでは湯川が戦後日本のエネルギー政策には責任がないことを強調していたが、偶像は守る必要があるのであろう。アインシュタインには罪はないのだろうか。

32 筒井康隆『エディプスの恋人』

筒井康隆は、超能力オタクが押しよせて迷惑、と書いていた。
火田七瀬が高校生と恋におちるさまを描いているのは秀逸だ。

33

庄司薫『赤頭巾ちゃん気をつけて』

庄司薫『赤頭巾ちゃん気をつけて』

薫の女友達の由美が、薫に言うのである。エンペドクレスが火山に飛び込んだとき、サンダルがそろえてあった、という話を。それを聞いた薫は、黙っていればいいのに、「ああ、イオニア派のあれだな」と受験生らしく答えてしまった。由美ちゃんは舌かんで死にたくなった。

こういうときは、黙って感に耐えているのがいいと、橋本治も『美しいとは何か』に書いている。

私もバスに乗っていて、隣にすわった女子が、クリスマスの飾りを見て「きれいねえ」と言ったとき、ついあの電気はどこから引いていてなどと話した。無粋な奴である。そうだねえ、と言っておけばよかったのである。

34 『日本三代実録』

『日本三代実録』

東日本大震災があって、千年前にも陸奥で大津波があったと聞いて、歴史研究者として知らなかったことが恥ずかしかった。『歴史学研究』に栗田禎子さんが、アフリカ研究者であるが、恥ずかしいと書いていたので心を強くした。

『三代実録』は、漢文は歯が立たなかったが、読み下し文が読めた。災害描写が迫真である。

富士山が爆発して、河口湖が形成されるのもこの時代である。

35　バーリン『ハリネズミと狐』

ドストエフスキーはハリネズミである。プーシキンやツルゲーネフ、ゲーテは狐である。ハリネズミになりたがった狐がトルストイである。

一つのことにこだわるハリネズミと、多様な方面で能力を発揮する狐。バーリンは、ドストエフスキーが人の頭を支配しようとするから嫌だという。

日本で言えば、夏目漱石だろうか。

36　栗本薫『グイン・サーガ』

栗本薫『グイン・サーガ』

豹頭のグインが放浪の王女イリス（オクタヴィア）に言う。人間に必要なのは、運命、真実、愛なのだと。そのうち、一つを見失っても、残り二つを大事にしていれば、もう一つもいつか戻ってくると。

説教くさい王様だが、説得力がある。グインは、どんな危機に陥っても、必ず帰還する。演説もうまい。人間の模範となる人物だ。

栗本薫が死んでしまって、未完に終わってしまったが、本当に惜しまれる。

37

シェイクスピア『ハムレット』

ハムレットがオフィーリアに言う。「尼寺へ行け、尼寺へ。罪にまみれた子供を生むより尼寺へ行け。」

この罪とは原罪のことなのだ、とようやくわかった。シェイクスピアは原罪だの処女懐胎を信じていただろうか。処女懐胎、磔刑、復活の三つがカトリックの玄義だそうだが。

38

司馬遼太郎『翔ぶが如く』

西郷隆盛はタバコを吸っていたが、これは西郷にとって緩慢たる自殺であった。

司馬遼太郎『翔ぶが如く』

39　増田みず子『シングル・セル』

これを読んで、自分のことだと思った大学院生は多いのではなかろうか。アルバイトで生活している主人公と、指導教授の葛藤。その教授は植物のようで、人を魅惑するが、こばむような所もある。えたいの知れない女子学生。

40　フョードル

『カラマーゾフ』では、ぼくはフョードルかな、と言ったら、助手が「先生には無理です」と言った。

考えれば、スメルジャコフの母親の乞食女と関係したり、美しい奥さんと再婚したり……。スメルジャコフの母は、カラマーゾフ家の高い塀をこえて、フョードル宅の庭でスメルジャコフを産むのである。

41 武者絵

家に二枚の武者絵の掛け軸があった。一人は加藤清正で、もう一人は鹿角の兜をかぶった騎馬武者で、いかつい顔をしている。母に聞いたら、山中鹿之助であるという。

私は清正の絵が好きだったが、高校生の姉は、騎馬武者の絵がかっこいいと言う。

考えてみれば、山中鹿之助ならば、三日月の兜で、これは多分本多平八郎忠勝の絵なのであった。

それで私は、鹿之助に倣って三日月に「我に七難八苦を与えたまえ」と祈った。馬鹿な少年であった。

42　花田清輝『小説平家』

花田清輝『小説平家』

後鳥羽上皇は、安徳天皇の娘、亀の前が草薙の剣を持ってきたとき、宝剣の吟味をすることなく、亀の前の品定めをしていた。

43

横溝正史『三つ首塔』

横溝正史『三つ首塔』

ヒロインは高遠俊作といいなづけであったが、そのいとこ高遠五郎に犯されてしまう。その後、網タイツの服を着させられたりするが、五郎に飼いならされてしまう。

五郎が実は俊作だとわかり、ことはハッピーエンドに向かうわけだが、伯父さんの教授のヒロインへの妄執がすごい。

44 江川達也『東京大学物語』

江川達也『東京大学物語』

遥ちゃんが、私の愛が広まって世界中が幸せになればいいな、と夢想する所がある。

私の恋もそうであった。そんな恋がもう一度できればいいなと思う。

45　石川啄木

啄木は貧乏くさくて嫌だという友人がいる。

46　待賢門院

待賢門院は保元の乱の遠因をつくった人だが、白河法皇に寵愛され、孫の鳥羽天皇の妃となる。生んだ崇徳天皇は白河法皇の子で、鳥羽天皇は、あれは叔父子だというのである。待賢門院の死後、息子の雅仁親王（後の後白河上皇）は、宮中に火が消えたようだと言い、さみしがるのである。

待賢門院は、西行に慕われるのであるが、大河ドラマを見て、「これは自分だけが好き」なんだなと思った。

47

シモーヌ・ヴェイユ『神を待ちのぞむ』

結婚は合意の上での強姦であると言ったのは、ヴェイユであるが、この三十四歳で処女のまま（？）死んだ女性の言うことである。

48　フロイト『芸術論』

なんでも性欲と結びつけてしまうフロイトだが、ミケランジェロの『モーゼ像』の分析はすごいと思う。十戒の石板の奇妙なもち方を、ユダヤ人の狂乱を見たモーゼが、石板をとりおとして、ひじでかかえたところだと言う。

49　『宇治拾遺物語』

『宇治拾遺物語』

羅刹が美しい女性の姿で、えらい僧侶に仕えているのであるが、村人が彼女に欲情をもったとき、本性を現わし、村人を宙につりあげて、落とそうかと僧にきく。僧はゆるしてやれと言うのである。

これは、『今昔物語集』かもしれないが、見つからない。

50 『宇宙家族ロビンソン』

『宇宙家族ロビンソン』

子供のときは夢中になってテレビで見ていたが、気楽な娯楽作品である。

あとがき

仕事の合間に、楽しみでこれを書いた。江戸時代の将棋名人は、将軍家に百番図式という詰将棋を献上したそうだが、私は三流大学（ごめんなさい）の不名誉教授であるので、遠慮して五十番とした。こんなきれいな本ができたことを、刀水書房の中村文江社長に感謝する。

著者略歴

一九五七年栃木県生まれ
東京大学文学部西洋史学科卒業
元共立女子大学文芸学部教授

色恋図式五十番　超主観的読書感想文

二〇一八年二月二六日発行

著者　島田　勇

ゾーオン社発行／刀水書房発売
東京都千代田区西神田2-4-1
電話（03）3261-6190

製版　MATOI DESIGN
印刷・製本　亜細亜印刷

ISBN978-4-88708-934-1　C0090